Black Ice Nordic Publishing KB

BLACK ICE NORDIC

För mina älskade barn

G.J Walters

Aesops Fabler

I ny omarbetad version

Förlag Black Ice Nordic Publishing KB, Stockholm

ISBN: 979-8679114272

Åsnehandlaren

En gång för länge sedan fanns det en man som ville köpa en åsna till sin bondgård.

Efter att ha hittat en åsna till salu kom han överens med ägaren om att han först skulle få ta hem åsnan på prov för att se hur den arbetade.

Väl hemma på bondgården släppte mannen loss åsnan i hagen där åsnan fick träffa bondens åsneflock. Åsnan lämnade genast flocken och blev istället vän med en åsna som höll sig för sig själv och bara latade sig och åt hela dagarna. När bonden hade observerat åsnan en god stund gick han in i hagen, betslade åsnan och tog tillbaka honom till åsnehandlaren.

Åsnehandlaren tittade förvånat på mannen och frågade hur han hade kunnat bestämma sig så snabbt? Åsnan kunde ju inte ha hunnit arbeta länge nog för att mannen skulle bedöma hans förmåga?

Mannen svarade "Jag behöver inte se åsnan arbeta, jag vet redan att han kommer att vara precis som den latmask han valde som sällskap. Man blir som man umgås." Därefter fnös mannen och lämnade den förvånade åsnehandlaren för att istället söka sig en ny åsna.

Räven och hundarna

En flock hundar hittade en lejonpäls som hade ramlat av en bil som tillhörde några män som olagligt sålde lejonhudar. Hundarnas ledare tittade på lejonhuden som låg på vägen med en känsla av välbehag och kände sig mäktig nu när han kunde sätta tänderna i ett lejon. Det dröjde inte länge innan hela hundflocken slet sönder lejonpälsen med sina vassa tänder.

En räv som gick förbi stannade och tittade på hundarna en stund. Till slut sa han "Kära hundar, om detta lejon fortfarande levde skulle ni få uppleva att dess klor var starkare än alla era sammanlagda tänder, det är alltid lätt att sparka på någon som ligger."

Räven gick sedan vidare medan hundarna nu inte kände sig lika mäktiga längre.

Vargen och Hästen

En varg promenerade genom ett fält av havre och just när han kom ut på vägen så mötte han en häst. Vargen sa till hästen "Om jag vore du skulle jag gå in på det här fältet, det är överfullt av den finaste havre som jag har lämnat helt oskadd till dig. Som din vän skulle det glädja mig mycket att se dig äta ett gott mål mat".

Hästen lyfte på huvudet och stirrade ned på vargen. "Om havre vore vargmat tvivlar jag på att du skulle offra din tomma mage för att se mig äta". Sedan galopperade han iväg från vargen. Så kan det gå när personer som har rykte om sig att vilja andra illa gör en tillsynes god gärning, de har ingen trovärdighet.

Nordanvinden och solen

Nordanvinden och Solen argumenterade över vilken av dem var starkast och mäktigast. De kom överens om att den som först lyckades få av en förbipasserande man alla sina kläder skulle koras som vinnare.

Nordanvinden var först ut i tävlingen. Han blåste obönhörligt den kallaste luft på mannen som blev överraskad av den plötsliga stormen. När mannens kläder inte flög av tog Nordanvinden i allt han hade och blåste upp en iskall storm med både snö och hagel. Den stackars mannen drog åt sig kläderna och höll dem hårt runt sig för att försöka hålla sig varm.

Efter en stund gav Nordanvinden bittert upp och överlät till Solen att försöka.

Solen började med att sakta värma upp den iskalla luften som Nordanvinden hade orsakat.

Hon sken sedan med all sin värme på mannen. Så snart mannen kände solens värmande strålar tog han av sig plagg efter plagg. Till sist var han så varm att han gick ner till en flod som låg nära vägen och tog av sig alla kläder för att ta sig ett svalkande dopp.

Nordanvinden tittade surmulet på den triumferande Solen som sa lättsamt "Övertalning är oftast bättre än tvång".

Stadsmusen och lantmusen

En lantmus bjöd sin nära vän, en stadsmus, att besöka honom för att få uppleva livet på landet. När stadsmusen väl hade varit där en tid och ätit typisk mat för lantmöss; rötter och böndernas överblivna skörd, fick stadsmusen till sist nog och sa till sin vän " Du lever här nästan som en myra medan jag har ett överflöd av mat och godsaker att festa på i huset jag bor i. Vill du inte komma och bo hos mig en tid så skall vi vara omringade av varje lyx en mus kan önska sig?".

Lantmusen var inte svårövertalad och de överenskom att åka till staden för ett besöka stadsmusen. Väl hemma hos stadsmusen dukades det upp en festmåltid bestående av bröd och ost, fikon, honung, russin och bönor. Lantmusen blev överförtjust i att få äta sådana delikatesser och sa sorgset "Vilket liv i lyx du lever medan jag har levt på rötter och vete och annat som blir över när bönderna skördar. Vilket öde ...".

Just när de två mössen skulle börja äta öppnades ytterdörren och frun i huset kom in. De två mössen lämnade sin mat och sprang iväg så snabbt det kunde till stadsmusens lilla hål i väggen. Hålet var så litet att de bara fick plats genom att tränga ihop sig riktigt tätt i mörkret.

När kusten väl var klar återvände mössen till sin måltid, denna gång var de ännu mer på sin vakt. Det dröjde inte länge förrän de blev avbrutna igen av att någon kom in i rummet för att hämta en skål ur ett närliggande skåp varpå de båda mössen sprang iväg igen, denna gången ännu räddare och tryckte ihop sig darrande i det mörka hålet.

Nu var lantmusen utsvulten och hade fått nog. Den sa till sin vän "Trots att du har varit så vänlig att du har förberett en festmåltid för mig måste jag tyvärr lämna dig att äta den för dig själv. Det är för många faror här för mig för att kunna njuta av den. Jag föredrar mina åkrar med sin mindre lyxiga mat där jag kan leva i fred och utan rädsla". Därmed lämnade lantmusen staden och återvände hem till sitt enkla men trygga liv på landet.

Katten och mössen

I ett gammal övergivet hus hade en stor koloni möss bosatt sig. Där levde de fria och utan några direkta faror som hotade.

En dag upptäckte en förbipasserande honkatt att huset var fullt av möss och tänkte genast att här väntade ett skrovmål.

Katten slickade sig om munnen och smög in i huset. Där fångade hon den ena musen efter den andra. När muskolonin förstod vad som hände flydde de för sina liv in i varje springa, hål och vrå de kunde hitta.

Där stannade de och katten kunde därför inte längre få tag i dem. Efter att ha begrundat saken beslutade sig katten för att försöka lura mössen genom att ramla ned från en planka och låtsas vara död.

Inga möss dök upp och en stund senare blev katten otålig och undrade varför mössen inte hade återvänt. Då hörde hon en av mössen säga högt och tydligt "Kära katt-madam, du kan ligga där hur länge du vill men även om du skulle magiskt sett förvandlas till en påse mjöl skulle vi fortfarande inte komma i närheten av dig".

Pantern och fåraherdarna

En sen eftermiddag, nära solnedgång, var en
samling fåraherdar på väg hem med sin boskap.
På vägen hittade de en panter som av olyckliga
omständigheter hade ramlat ned i en grop.

Några av fåraherdarna stannade till och
började kasta stenar och pinnar på den
stackars pantern. Resten av dem kände empati
för det försvarslösa djuret. De kunde inte
riskfritt försöka att hjälpa pantern upp men de
kastade ned den mat de hade kvar för att
åtminstone förlänga djurets liv.

Alla fåraherdarna var dock överens om att pantern troligen inte skulle överleva till nästa dag så när de återvände hem tänkte de inte mer på saken.

Under tiden åt pantern av maten den hade fått och samlade sina sista krafter för ta sig upp ur gropen. Det skadade och utmattade djuret lyckades ta sig hem till sitt bo där det återhämtade sig i några dagar. Pantern hade emellertid inte glömt männen som försökt stena ihjäl honom så när han hade återfått sin styrka återvände han och sökte upp fåraherdarna en efter en.

Förblindad av raseri dödade han de sten-kastande fåraherdarna och deras boskap. De andra herdarna såg det här och bönade och bad pantern om att ta deras boskap men att låta dem behålla livet. Pantern tittade på dem och sa:

"Jag minns lika väl dem som försökte stena mig till döds som dem som gav mig mat och visade mig snällhet. Jag har därför bara återvänt som fiende till dem som skadade mig, ni däremot har inget att frukta från mig"

Därefter vände pantern och försvann in i skogen, lämnande de återstående fåraherdarna lättade över att ha kommit undan med livet i behåll.

Hönan och Svalan

En höna var ute och strosade när hon fann ett övergivet bo i sanden fyllt med ägg som hon inte riktigt kände igen. Hönan tyckte synd om de små liven som fanns inne i äggen så hon gjorde i ordning ett bo för att skydda dem. Dag som natt höll hon inkräktare borta och äggen varma tills de började kläckas.

En svala som satt och tittade på från en gren i närheten blev förskräckt och ropade "Din enfaldiga varelse, vad har du gjort? Varför har du kläckt dessa giftorms ägg när du själv kommer att bli deras första byte när de har blivit lite större?"

Lejonet, vargen och räven

Ett lejon som hade blivit till åren hade gått och blivit sjuk. Liggande i sin grotta fick han besök av alla skogens djur som ville besöka sin sjuke konung för att visa sin respekt. Vargen, som var lejonets rådgivare, såg sig omkring och noterade att alla utom räven hade kommit. Vargen fick en idé om hur han skulle bli av med sin ärkerival.

Han gick fram till lejonet och med sin ödmjukaste röst anklagade han räven för att inte visa respekt för lejonet som faktiskt var deras kung.

Ett bevis för hans respektlöshet var att han inte ens kom och besökte lejonet när denne låg sjuk. Just när vargen yttrade de sista orden kom räven in i grottan och hörde vad vargen sa. Lejonet tittade ursinnigt på räven och vrålade av ilska.

Räven fick i sin tur en idé om hur han skulle rädda sitt skinn. Han lade sig framför lejonet och sa "Jag har en väldigt god ursäkt för att inte ha kommit i tid. Av alla som kom och besökte dig, hur många av dem har sökt i världens alla hörn efter de bästa läkarna för att nu kunna återvända med ett botemedel till ers majestät?".

Lejonet lugnade sig och krävde att omedelbart få veta vad botemedlet var. Räven svarade "Det enda botemedel som räddar dig vid det här laget är att flå en varg levande och vira hans päls tätt runt dig".

Medan vargen fördes bort för att flås vände sig räven mot honom och sa "Du borde ha uppmuntrat din härskare till välvilja, inte illvilja för att tjäna dina egna syften".

Havet och den skeppsbrutne mannen

En gång för länge sedan sjönk en fiskares båt i en plötslig storm. Mannen hade tur som flöt medvetslös upp på en liten övergiven ö. När han vaknade till och mindes vad som hade hänt blev han rasande.

Han såg över havet som nu hade blivit fridfullt igen och förbannade dess förrädiskhet. Han mumlade för sig själv att havet minsann lockade ut män på det genom att visa upp sin lugna, glittrande yta men innan man visste ordet av överraskade det sjömän med dödliga vågor som förstörde skepp och lämnade många sjöfarare på havets botten. Nä, havet var inte att lita på ansåg fiskaren.

Havet som hade hört mannens förbannande antog då en kvinnas skepnad och svarade honom " Lägg inte skulden på mig käre fiskare. Havet är av naturen lika lugnt och stilla som marken du går på uppe på land, men när stormarna anfaller mig så piskar de upp vågor som skapar förödelse och kaos, allt som händer sker i ett sammanhang så du lägg inte hela skulden på mig käre fiskare.

Räven och dockhuvudet

En gång strövade en räv runt utkanten av en liten stad på landet. Ett av husen hade dörren vidöppen så räven kunde givetvis inte motstå att gå in i huset. Räven gick från rum till rum för att inspektera vad som fanns i huset.

I en garderob hittade han det vackraste dockhuvud han någonsin hade sett. Räven strök dockhuvudet över håret med sina tassar och suckade sedan "Vilket vackert huvud, ändå är det inte till nytta för någon då det fullkomligt saknar hjärna. Vad är väl sådan skönhet värd utan något innehåll.

Fladdermössen

För länge sedan kom det sig att fåglarna och landdjuren hamnade i konflikt med varandra om vilka som var härskare över djurriket. De två grupperna möttes och slogs i många slag och ibland vann fåglarna medan landdjuren vann ungefär lika många gånger.

Fladdermössen var osäkra på vilken av grupperna skulle vinna det slutliga slaget så de slogs alltid på den sida som var starkast just då. Då detta var ett storskaligt krig mellan alla djur så tänkte de andra inte så mycket på fladdermössen som ändå inte bidrog särskilt mycket.

Efter att ha krigat en tid med ingen vinnare i sikte tröttnade djuren på att ständigt vara i konflikt. De bestämde sig därför för att hålla en fredskonferens och att där bestämma vilka regler som skulle gälla för den kommande freden.

Alla djurarter var representerade och satt på respektive sida de hade krigat på. Fladdermössen kändes igen av alla som varande deras krigare och kunde därför inte sitta på någon av de förhandlande sidorna.

När det stod klart för fåglarna och landdjuren vilket förräderi fladdermössen hade begått bestämde sig djuren som en del i sitt fredsavtal att fladdermössen skulle förvisas från de andra i djurriket och inte få vistas ute på dagtid.

Fladdermössens straff för sin illojalitet blev också att tvingas bo i mörka grottor och att inte se solen mera.

Lejonet och fåraherden

Ett lejon strövade genom en tät skog när han trampade på en glasbit. Lejonet försökte få ut glasbiten genom att först slicka sin tass och sedan försöka använda den andra tassen, men glasbiten var stor och hade åkt för långt in för att lejonet som ju saknade fingrar skulle kunna få ut den. Lejonet gav upp och försökte halta vidare.

Lejonets tass svullnade upp mer och mer ju oftare han trampade på den skadade tassen. När det stackars djuret efter mycket möda hade lyckats ta sig ut ur skogen träffade det på en fåraherde. Lejonet lade sig framför fåraherden med tassen framåt och viftade på svansen för att visa fåraherden att han inte ville honom något illa.

De flesta fåraherdar hade förmodligen redan sprungit iväg men den här fåraherden tog modigt upp lejonets tass och med hjälp av sin fickkniv fick han ut glasbiten. Han förband sedan såret med tyg som han skar av från sin egen tröja.

Lejonet nickade tacksamt med huvudet för att tacka fåraherden och återvände sedan lättad tillbaka till skogen för att vila upp sin svullna tass.

Ett år senare hade fåraherden blivit fängslad och dömd på falska anklagelser. Straffet som bestämdes var att slänga honom åt lejonen. När folket i staden hade samlats för att bevittna bestraffningen fick de uppleva något märkligt.

Fåraherden var bakbunden och kunde under

inga omständigheter försvara sig mot ett lejon. Han var övertygad om att allt hopp nu var ute. När lejonburen öppnades rusade först lejonet mot fåraherden för att slita honom i stycken. Men när lejonet kom närmare så kände det igen fåraherden.

Med risk för sitt eget liv (tillfångatagna lejon som inte följde order miste oftast livet) gick lejonet sakta mot fåraherden med böjt huvud och lade sig ner framför honom med tassen på fåraherdens knä.

Kungen som bevittnade det här hade aldrig sett något liknande och tänkte att det här måste vara något väldigt speciellt, kanske var det så att gudarnas vilja var att kungen släppte den omaka duon. Till publikens häpnad och glädje beordrade därför kungen att både lejonet och fåraherden skulle genast släppas.

Lejonet och fåraherden tog sedan sällskap hemåt från staden, båda lika lättade över att ödet hade fört dem samman.

De två grodorna

Två grodor bodde i samma pöl och var väldigt bra vänner. När sommaren var som varmast började pölen att torka ut och de två grodorna kom överens om att lämna den forna pölen för att hitta ett nytt hem. I den stekande solen hoppade grodorna i väg i förhoppning om att hitta sitt nya hem så snart som möjligt.

När solen sken som varmast och grodorna började tappa hoppet om en räddning fick den ena grodan syn på en brunn lite längre bort. Brunnen var djup och fylld till brädden med svalt vatten. Runt brunnen fanns insekter att äta i överflöd.

Grodan som upptäckt brunnen blev överförtjust och utropade "Vilken lycka, överflöd av vatten och mat. Kom käre vän så hoppar vi i och gör brunnen till vårt hem".

Den andra grodan var mer fundersam och svarade "Men käraste vän, vad händer med oss om vattnet i brunnen sjunker lite så att vi inte längre kan ta oss upp från den djupa brunnen?". Grodorna svalkade sig i brunnen och åt sig mätta men hoppade sedan vidare i jakt på ett säkrare hem, de hade insett att det är bäst att överväga konsekvenserna innan man gör något förhastat.